# 暦日

*rekijitsu*

加藤喜代子

*Kato Kiyoko*

ふらんす堂

暦日／目次

冬　5
春　33
夏　59
秋　91
あとがき
付記

表紙装画・藤本千穂「大雨」

# 句集
# 暦日

# 冬

冬に入る鐘も撞木もほつそりと

木枯や月あたらしき力得て

尊像はわらべにおはし冬紅葉

谿を出て冬たんぽぽの絮大き

枯るるなか風をとらへて補聴器は

散り果てし紅葉のしづみ浅き水

鳥の声むかふに残ししぐれけり

餌につくや声なまなまと水鳥は

窓ちかく枇杷の木花をそだてつつ
水音をしるべのごとく枯るる道

裕明先生一周忌

ひと偲ぶ旅に冬田やうち晴れて

ひととせの冬水無瀬野の雲つよし

坐られし椅子いまもある落葉かな

冬帽子森ゆく人となりて行く

山鳥の声あるばかり着ぶくれて
声さむし孔雀に応ふるもののなく

よすがなく出でしばかりや冬の月

息白しさらにも小さく鶴折りて

海うすく白帆のうすく寒さ来る

霜柱踏みて集まる墓小さき

短日や陶光りして鶴の背ナ

歯朶凍ててわづかの水を通しけり

寒空へしきりに背伸びする小鳥

草凍てて水湧く影のかすかなる

しぐるるや身を低うして石叩

寒き像ねがひの口のすこし開く

冬帽子上野にひとり遊びけり

東を鷹来るといふ海の紺

雪きざす空に残りて榠樝の実

そのからだ熱くぞ雪に囀れる

寒空の鵯せんだんの実を食うて

冬の月家々屋根を低うしぬ

冬の鳥きく日だまりの少しあり

万両や植込みひくく這ふごとく

土くれも寒く孔雀の飼はれけり

雪吊の天降りし空の濁りかな

同じ方むきたるは鴨すすむなり
群れ泳ぐ小魚かわれも冬を生き

冬凪やときにどすんと海の音

冬の海鳥のごとくに人遊ぶ

悼　濱田廣道君

竹馬やミッドウェイは君が海

寒禽の小さきはことに光りけり

祝　対中いずみ様

白鳥となるべき翼ひろげけり

父母ありし昔の色に石蕗の花

沈みゐるわづかの空や冬の池
寒の水暗きは鯉の群るるなり

いま少し空のほしくや寒牡丹

ささやかな墓によき文字冬木の芽

ちりめんの風呂敷ほどく寒日和

雨止むか蜜柑の尻に雫して

婢マリア花なく寒の日が満てり

早梅や土さえざえと東慶寺

# 春

巻貝のなかくれなゐに実朝忌

雨風のここはミモザの花を踏む

花ミモザ館のひとを見しことなし

パン屑の撒かれてありし雪解風

如月や幼きころのいくさ歌

風の出て田螺の水をかがやかす

子を連れて渚のかたき二月かな

うすうすと菫はところえらぶなく

梅に寄る心いつよりとは知らず
さくらより幼く梅のはなびらは

寒がりの子供でありし紀元節

入り際の日はまつすぐに紅梅に

金縷梅や貝も魚もおいしくて
あたたかき水を洩らして手洗鉢

鳶啼くや春の潮目のあきらかに

ポケットの手を出す春の筧かな

ご飯粒もらふ雀を見てぬくし

草餅や夜も白雲移りつつ

まくなぎの大きな夕べ雛飾る

新しき雛に夜のあたたかく

金散らしたまへど土の雛かな

満月となりたる雛の名残かな

聴くときのまばたきひとつ春の鷲

低き木にからまるごとく囀れる

小鳥にも走るよろこび春の土

絵踏して島へもどりの艪音かな

来かかるや鱵ときけばのぞかれて

先入るるほそき如雨露やシクラメン

親元をはなれしばかりリラの花

瑞門はひらくことなし鳥の恋

繋留の鎖のあまり水温む

経めぐりて蛭ヶ小島や種井どき

書きものの父にたんぽぽ置かれけり

小屋掛のごとき駅舎や初桜

花の雨生れしばかりの指聡く

曾祖父の一字その名に鳥雲に

小さき顔あげて鶺鴒花仰ぐ

ゆび老いぬはなびらひとつ拾ふとき

ひんやりと桜の幹もはこべらも
瞳を張りて泣きやむ子ども竹の秋

花こぼすからたち垣の裁判所

蝌蚪のぞく子の誕生日けふと言ふ

九品仏

みつみつの花聴きすます佛たち

湯壺より見えてひとつや春の星

籠いつぱい採れて鮎の子目がきれい

野をゆくや蛙のこゑは土の声

# 夏

雪山の映りてひろき水田かな

初夏や森は高きに花かかげ

新樹よりぬけて大きく甲斐の富士

橡咲くや上野は雨につつまれて

桐の花水田の土のごろごろと

雨しづくして橘に花多き

木耳や夕づくころに日の強く

えごの花散りて小さき湊かな

青桐や柱さみしく見ゆる日も

雨雲の空すきまなしほととぎす

変はりなき日ごろと言へど端午かな

山枇杷の実のぎつしりと水の上

水あれば草の香つよし牛蛙

桑若葉国のひさぎし生糸かな

僧院の返すやまびこ麦の秋

黒南風や湖に啼くものの声ほそき

いくつかは手に拾はるる沙羅の花

夏空に入る鳥小さし一休寺

朴咲くや水底はしる魚疾く

峯の寺白雲木は花垂りぬ

梅落とす棒のうれしき男の子

夏つばめ啼きて史書にも残る村

墓参（裕明先生四句）

傘ふたつ寄せあふ今日の墓参かな

夏鳥の声の太きに訪ねけり

草引きつしばらく居りぬ雨の墓

虎尾草や疲れてをられしを知らず

花石榴きのふの雨のしたたかに

学問の風を涼しと鴉の子

馳せくだる水に漬けおく夏花かな

緑蔭や楽譜読むひとかたはらに

籐椅子に見つめてゐしは昔かな

ががんぼやここの家には障子無く

地に舞ひて雀あらそふ土用かな

ご書院や涼しく立てる椅子ひとつ

背の高き人を入れたる夕焼かな

ずぶ濡れてゆく葭切の声のなか

するすると蟹が蟹追ふ葦間かな

立ち上り簗の水音かはりけり

炎天や小さき橋置く佐助川

山霧にぬれて冷たき蝸牛

夏草や坐れば小さき湖の音

大夏木居初家文庫残りたる

緑陰やひざをただして老夫妻

よく眠る嬰に花浮く山法師

白帆たのしげペンテコステの風吹いて
家ともに古び泰山木の花

海を見る日傘の蔭の小さきに
夏草に触れて渋民駅に立つ

梁の下涼しとひとの動かざる

たれかれに熱き茶たまふ夏炉かな

花さびた水いく筋も木々を縫ふ

すうちゃんと組む誕生会ねむの花

凌霄花すこし歩くと出てゆきぬ
夕蟬のあまたの声の交はらず

栗咲くやわが生年の甲子蔵

汗ぬぐひ外輪山に囲まるる

尾のあらば駈けりてもみむ夏野かな

鬩のごと青葦原におこる風

家のうちうろうろとして大暑かな

病篤く

口もとがたしかに笑ふ汗の子に

# 秋

青空となる無患子も菩提子も
天上もけふ晴れをらむ子規忌かな

蓼科　四句

山に来て眠つてばかりけらつつき

松ぼくり踏みしだかれて水の秋

落葉松の高き空あり日雀啼く

くろがねのランタン残る露の家

涼しさの雨に花つけ藪枯らし
日々咲いて芙蓉は白をつくしけり

鶏の駈けだす秋のはじめかな

髪つめて小さき耳も秋に入る

新涼の花殻ながく垂らしけり

茨の実葉山の海ののびらかに

椢の木とあそびごころや秋の雲

秋潮にながくのばして手を洗ふ

多摩川取水口

秋草に立ちて治水の昔あり

秋雨のまひまひ井戸は檜皮葺く

鶏頭花井水は草にあふれつつ

小鳥来る川も堤も雨ながら

雨に鳴く虫の音ふとし真葛原
楽人に風は野分の名残かな

少しある木槿の蔭に身を入れぬ

夕衣博士論文出版

露けしやその名にふかく頷きて

思ひ出も遠くなる姉葦の花

悼　市川雪子様　二句

ゑのころに日の透く朝の葬かな

鳥渡る死もまたひかるものとして

風吹いて空青くなる茨の実

暮れ近き日のどきたる野菊かな

秋の蝶入れしばかりの土匂ふ

ひとり眠りひとり出てゆく秋の昼

櫓よく伸びて日和のもどりけり

永遠に秋明治の人の面差しは
しだるるは強き力を萩の花

祝婚

父に添ふ背のうつくしく秋のひと

こと果てし東下明るき月を得て

いちめんの闇がそのまま虫の声

湖風に吹かれてふとる棗かな

稚内　四句

秋風のどの碑も高し海蒼し

秋潮の果サハリンは見えずとも

玫瑰の実をいつぱいに海荒る
出立つは山霧ふかきところより

見るほどに見えてくる星貝割菜

一葉旧居跡

井戸ひとつ残る秋意の雲流れ

野茨の実の多きまま水に影
丈なせる白萩けふの糧とせむ

駅の名の鄙びてきたり草紅葉

筑波宇宙センター
見守られゐたる地球か木槿咲き

月照るや暗しとおもふ空の奥

下り簗草に照る日のおとろへず

千住刑場跡

ここに聞く松陰の死や赤のまま

書架すべて判例集や小鳥来る

どんぐりを机にすこし眠りけり

馬追の死にたる眼とは思はれず

鳥渡る祝の袱紗ふたつつみ

子孫とも呼ぶべき赤子水澄めり

生れ来て夜は蟋蟀の声近き

祥子

小鳥来る赤子ふたりの養ひに

露けしやみんな小さき木の玩具

つぶやいて長生きせよとかまきりに

問注所ありしと標萩濡れて

髭剃ればしぐさ秋の雲

小鳥来る撫づれば額たかきひと
見てもらふガラスの瓶の赤のまま

急かされて団栗拾ふ日もありぬ

月明くわたりぬひとり忌を修す

露葎あたたかき手に待たれをり

あとがき

『暦日』は、平成十七年から令和三年までの句から二百二十三句を記しました私の第三句集です。

日々を重ねながら思わぬ年まで生きて参りました。日常のささやかな想いから生まれた句は貧しく句集にするには足りないと思いましたが、これまでへの感謝と、八人の曾孫たちに何か残しておきたい気持もあって纏めてみました。

ためらっていたのですが、曾孫千穂の装画を得て一書といたしました。

令和三年初冬

加藤喜代子

# 付記

本句集は、祖母の第三句集です。生前、ごく親しい友人と家族のみに配る私家版の句集を、と祖母が希望し、私が編纂を手伝っておりました。まだ時間があると思っておりましたが、「あとがき」の直しを入れた二週間後の花の夜、祖母はひとり静かに帰天いたしました。

そのまま私家版とするか、第一、第二句集と同じく、ふらんす堂さんにお世話になって上梓するか、家族で話し合いました。祖母は恥ずかしがるかもしれないと思いながらも、せっかくなのでという思いが残り、こうして皆様のお手に取ってもらえる形といたしました。お読みいただけましたら幸せに存じます。

句歴五八年、祖母は多くの俳縁に恵まれ、私もそのご縁に今も支えていただいております。この場をかりて、祖母とともに、心より御礼申し上げます。

二〇二二年　晩秋

藤本夕衣

**著者略歴**

加藤喜代子（かとう・きよこ）

大正13年　福岡県に生まれる。
昭和18年秋　福岡県立女子専門学校文科卒業。
昭和39年　「駒草」入会。
　一力多美子に俳句の手ほどきを受ける。
昭和49年　「青」入会。
　波多野爽波の指導を受ける。
平成２年　「青」同人。
平成３年　「青」終刊。
　田中裕明の指導のもとに学ぶ。
平成５年　「晨」入会。同人。
平成６年　第一句集『聖木曜』刊。
平成12年　「ゆう」創刊、入会。
平成13年　ゆう賞受賞。
平成17年　「ゆう」終刊。
平成17年　第二句集『霜天』刊。
平成21年　「晨」同人を辞し、全ての句会から退く。
令和４年３月25日　帰天。

句集　暦日　れきじつ

二〇二二年一二月三〇日　初版発行

著　者――加藤喜代子

発行人――山岡喜美子

発行所――ふらんす堂

〒182-0002 東京都調布市仙川町一―一五―三八―二F

電　話――〇三（三三二六）九〇六一　FAX〇三（三三二六）六九一九

ホームページ http://furansudo.com/　E-mail info@furansudo.com

振　替――〇〇一七〇―一―一八四一七三

装　幀――和　兎

印刷所――明誠企画㈱

製本所――㈱松　岳　社

定　価――本体二六〇〇円＋税

ISBN978-4-7814-1520-8 C0092 ¥2600E